大偵探
福爾摩斯

《數學偵緝系列》

神探小兔子

SHERLOCK HOLMES

目一錄 CONTENTS

(P)= 林浩暉　(N)= 謝詠恩

大偵探小兔子

華生通宵工作了一個晚上後，拖着疲憊的身軀爬上貝格街221B的樓梯，但一打開家門就被嚇了一跳。他看到小兔子在地上盤膝而坐，

雙手抱在胸前，斜眼看着坐在沙發上閱讀文件的福爾摩斯。

　　「怎樣？」小兔子冷冷地問。

　　「這個嘛……」我們的大偵探施施然地放下文件，慢條斯理地說，「你的表現嘛，怎

麼説呢……」

小兔子裝作毫不在意似的聽着，但耳朵卻「豎」的一下豎起來了。

「你搜集情報的能力確是不俗，但推理方面卻完全不行，並沒有**獨自破案**的能力。所以，你還沒有資格向我收取固定的月薪啊。」福爾摩斯**理所當然**地説。

「沒有獨自破案的能力？」小兔子跳起來高聲**反駁**，「你又沒讓我去試，怎知道我不行？」

華生惟恐他們吵起來，於是上前問道：「究竟發生甚麼事啊？」

「華生醫生來得正好，快來評評理！」小兔子**連珠炮發**地説，「我替福爾摩斯先生立

⑤

下不少**汗馬功勞**，更協助他屢破奇案，要求每月收取**3先令**月薪，也不算過分吧？可是，那個小氣的偵探卻拒絕了！」

「甚麼？小氣？」福爾摩斯正想發作時，門外突然響起一陣急促的**敲門聲**，打斷了他的說話。

華生開門一看，只見門外站着一個**西裝筆挺**的胖紳士。

「**太過分了**！實在是**太過分了**！竟敢欺騙本大爺！」那胖紳士逕自衝進來，**怒氣沖沖**地說，「誰是福爾摩斯先生？我要他去幫我查個清楚明白！」

「請問你是⋯⋯？」

「啊？你就是倫敦最**著名**的大偵探福爾摩斯先生？貝格，我叫馬克・貝格。」胖子報上名字後，一屁股坐下來就罵，「你知道嗎？得文街那間無良**鐘錶店**膽敢詐騙我這種一等一的良好市民呀！」

「得文街的鐘錶店？」福爾摩斯想了想問，「你說的是**哈靈頓鐘錶店**吧？究竟是怎麼一

7

回事呢？」

「那間鐘錶店正在舉辦**大抽獎**，顧客只要付 **0.5鎊**，就可參加一次抽獎。店方準備了一個抽獎箱，說箱中只有**紅色**和**白色**兩種球，抽中紅色的，就能得到一個價值**15鎊**的限量版懷錶，抽中白色的就沒獎品。於是，我拿了**150鎊**去抽。但結果呢？」貝格從口袋中掏出幾個懷錶扔在桌上，激動地說，「只抽中了 **6個**！」

「你拿那麼多錢去抽獎？」華生聽到那銀碼後，不禁**大吃一驚**。

「我看過星座運程，說這個月有中獎運。剛好身上又有些**零錢**，心想一定會中獎，就下

重注了。」

「嘩！150鎊也叫零錢嗎？」小兔子斜眼看了看大偵探，「可憐有人連幾個先令也不肯拿出來呢。」

「噓！別多嘴！」福爾摩斯罵道。

「本大爺有**中獎運**呀，起碼該抽到十個以上的懷錶才對啊！」貝格繼續投訴，「那間絕對是 **黑店**，你一定要揭露他們的欺詐方法！調查費絕不成問題，為了消消這口氣，本大爺多多都願付！」說完，他扔下 **50鎊** 作為調查預付金，也不管福爾摩斯肯不肯接下這個案子，就**悻悻然**地走了。

「嘩！他好 **闊綽** 呢！」小兔子說。

「闊綽又怎樣？我剛巧有事辦，沒空接這

案子啊。對了，華生，反正你有空，不如你幫我去調查一下吧。」福爾摩斯說着，不忘把錢塞進自己的 **口袋** 中。

「甚麼？我剛通宵工作回來，哪有力氣再出去啊？」華生 **抗議**。

「那麼我去吧！」小兔子搶前嚷道，「福爾摩斯先生，如果這次我成功破案，你得每月付 **3鎊** 啊！」

「甚麼？怎會這麼快就由 3 先令變成 3 鎊了？」大偵探 **瞪大眼睛** 問。

「哎呀，你口袋裏有 50 鎊，分多一點給我也很應該吧？」

「算了。」福爾摩斯沒好氣地

說，「倘若你能**獨力**解決案子，就給你吧。」
說罷，他便出門去了。

「哇！太好了！這 3 鎊已是我的囊中物啦！」小兔子**興高采烈**地嚷道。

「小兔子，你真的能**獨力**調查嗎？」華生有點擔心。

「哈哈哈，船到橋頭自然直，包在我身上吧！」小兔子自信滿滿地說完，就**蹦蹦跳跳**地下樓去了。

華生想了想，還是有點**不放心**，於是也跟着去了。

半個小時後，華生和小兔子已來到得文街

11

哈靈頓鐘錶店，只見店外有一條長達數十人的人龍，看來都是來參加抽獎的。兩人擠進店內，看到櫃枱上放着一個 **大黑箱**，箱下還墊了一塊 **紅色大絨布**，看來就是抽獎箱。

這時，一個貴婦將手伸進箱子的洞口，從裏面取出了一個 **白球**。

「真可惜，沒中獎呢。」店員禮貌地收回

貴婦的白球，放回黑箱內。

接著，一個又一個顧客伸手到箱內抽獎，但抽了十多人，也沒有一個能抽到**紅球**。

排隊的人看見沒人中獎，就不禁議論紛紛。

「沒看到有人抽中呢。」

「對啊，已20多個人抽了，一個也沒中獎。」

「太**可疑**了！」

「箱裏面真的有紅色球嗎？」

「有人問過，店員說箱內有**80個球**，抽中的機率是**10%**，所以肯定有紅球。」

難題①：
根據貝格抽到的懷錶數量所計算出的機率，比鐘錶店宣稱的機率相差了多少？答案在第20頁！

「10%嗎？」華生看了看排隊的人龍，輕聲向小兔子說，「只有數十個抽獎者，

就算全部抽不中也很平常，這樣很難證明店家有**使詐**啊。」

「那麼，要怎樣做才能證明？」小兔子問。

「惟一的方法，就是 〈**打開箱子**〉，看看裏面有多少個紅色的球。」

「是嗎？」小兔子想了想，**狡猾**地一笑，「包在我身上。」說完，他一個閃身就走開了。

華生還在揣摸小兔子究竟有甚麼辦法時，卻看到一個**矮小**的身影已竄到抽獎箱旁。突然，紅色的大絨布被人一拉，箱子立即從櫃枱上滑下，「**啪噠**」一聲掉在地上，摔破了箱蓋。

「啊！」人們**大驚失色**。

這時，箱子內的球已全部滾了出來，華生

定晴一看，箱內看來真的有 80 個球，但當中絕大部分都是白球，紅色的只有 2 個。

「甚麼？只有 **2個 紅色**？」一個排在前面的高個子看到後大聲說。

「不是説中獎機率有 **10%** 嗎？原來是謊話！」

「詐騙呀！」

「快還錢！」

「去報警吧！」

難題②：
根據黑箱內的球的數目，抽中懷錶的機率實際是多少？答案在第 20 頁！

「嘻，成功了呢。」小兔子回到華生身旁，偷偷地笑道。

「快走吧。」華生知道黑店大都有打手監

視，他惟恐店員抓住小兔子報復，**匆匆忙忙**拉着他趁亂離開了現場。

兩人回到貝格街家中時，看到福爾摩斯已回來了，就向他報告剛才的**調查結果**。

「哈哈哈！」福爾摩斯聽罷不禁大笑，「居然直接把箱子摔破，你真有兩下子。看來，對付**大流氓**還是**小流氓**比較在行。」

「嘿！當然囉。我可是扒手出身，最善長**耍流氓**！」小兔子也不理大偵探的嘲諷，**自鳴得意**地說，「怎樣？案已破了，快拿3鎊來吧！」

「等等，你雖然識破箱中只有 2 個紅球，但知道問題所在嗎？」福爾摩斯乘機**挑戰**，「為甚麼可以指控鐘錶店詐騙呢？」

「**這！**」小兔子冷不防福爾摩斯有此一問，只好說，「哎呀！總之就是詐騙啦，大家都這樣說啊！」

「嘿，原來你只懂查案，卻不懂**舉證**，那並不算破了案啊。」福爾摩斯**狡黠**地笑道，「謝謝你，你為我省下了 3 鎊啦。」

「甚麼？總之紅色的數目**不足**，就是詐騙

啦！」小兔子爭辯道。

「那麼，**不足**之數又是
多少呢？」大偵探笑問。

難題③：
黑箱內紅球和白球
的數量應該各有多
少個，才合乎店方
宣稱的中獎機率？
答案在第20頁！

「這！」小兔子**晦氣**地
說，「這麼麻煩的問題，你告訴
我吧！」

「哪有這麼便宜。」福爾摩
斯故意**留難**，「想不到答案的話，休想取得那
3鎊。」

「好吧！我慢慢想，想到**地老天荒**，**海
枯石爛**，一直想下去！」小兔子說完，骨碌一
下便滾倒在沙發上，更翹起二郎腿**神氣十足**
地躺着，死也不肯起來。

「嘿嘿嘿，小兔子這一招太狠了，看來連我
們的大偵探也對付不了呢。」華生**幸災樂禍**。

　　「躺吧！躺吧！我才沒空理你呢。」福爾摩斯説。

　　可是，小兔子一躺就躺了**4個小時**，完全沒有起來的跡象。

　　「好啦好啦，算我輸吧！告訴你就是了，你這個**小流氓**！」福爾摩斯終於**敗陣**，掏出3鎊，並把答案説出。

難題①：

　　顧客付 0.5 鎊即可抽獎一次，而貝格用了 150 鎊，即抽了 150÷0.5=300 次。他只中了 6 個懷錶，以此計算的機率為 $\frac{6}{300}$=0.02=2%，這跟鐘錶店所說的 10% 相差了 8 個百分點。

難題②：

　　抽中懷錶的機率等於抽中紅球的機率。黑箱內的 80 個球中只有 2 個紅球，抽中機率為 $\frac{2}{80}$=0.025=2.5%，這亦跟貝格抽中的 2% 機率非常接近。

難題③：

　　黑箱中 80 個球應有 10% 是紅色，人們才有 10% 機率抽中紅球（亦即中獎），即 80x10%=80x0.1=8 個紅球，白球則應有 80-8=72 個。

小兔子捕鼠任務

「嘻嘻！有口福了！」小兔子抱着一袋香噴噴的**曲奇**說。

每次少年偵探隊幫忙查案或當跑腿，福爾摩斯都會打賞一個金幣作**報酬**但今早小兔子卻嚷着要吃曲奇。大偵探以為他只是想買零食，便一口答應，豈料他要的曲奇出自一家**名貴**糕餅店，一袋比一頓晚飯還要貴幾倍！

「唉，沒想到你這麼懂得吃，看來我這個月又要**拖欠房租**了。」福爾摩斯一邊抱怨，一邊跟小兔子離開糕餅店，豈料一踏出店門——

「哇呀——！」

「老鼠呀！」

　　尖叫聲此起彼落，一大羣**老鼠**在大街上四處亂竄，羣眾**左閃右避**，場面混亂不堪！

　　更糟糕的是，幾隻老鼠突然跳到小兔子身上。他被嚇得雙手一鬆，整袋曲奇應聲掉到地上，旋即被老鼠們**叼走**。

「可惡！還我曲奇呀！」小兔子**惱怒**地追趕，但老鼠們跑得更快，眨眼間已消失了。

「為何突然出現這麼多老鼠？」福爾摩斯感到**奇怪**之際，卻瞥見糕餅店對面的**名錶專門店**不斷有老鼠奔出，他於是想橫過馬路看個究竟。

突然，幾個大漢拿着手提箱從名錶店**奪門而出**，並迅速鑽進在門口接應的馬車中。

「快走！」一聲令下響起，馬車全速向街尾 **飛馳而去**。

「**打劫呀！打劫呀！**」這時，一個店長似的胖子從名錶店衝出，向着 **絕塵而去** 的馬車大叫。

福爾摩斯見狀，火速截停一輛剛好經過的馬車，叫道：「快追前面那輛馬車，追到的話，賞你 **兩個金幣**！」

「真的？」馬車夫大喜，「包在我身上！」說完，他把馬鞭一揮，馬車瞬間 **全速開動**，直往賊車逃走的方向追去。

「喂！這麼急，要去哪？」

「哇！」福爾摩斯被**突如其來**的叫聲嚇到了。他往旁一看，發現小兔子竟坐在他的身旁。

「你怎會在車上的？」福爾摩斯驚訝地問。

「哈哈，你從**左邊**的門上車，我就從**右邊**的門上啦。」小兔子**嬉皮笑臉**地說，「看你趕得這麼急，當然要跟着來看看啊。」

「我正在**追蹤劫匪**，很危險啊！你快下車吧。」福爾摩斯說完，又馬上改變主意，「算了，現在停車的話，就沒法追上賊車了。」

「賊車？甚麼意思？」

「糕餅店對面的**名錶店**在混亂中被賊人**打劫**，劫匪就在前面那輛賊車上。」

「我懂了，那些賊在**趁火打劫**。不，是趁『鼠』打劫！」

「現在不是開玩笑的時候呀。記住，我們正在跟蹤劫匪，絕不能**輕舉妄動**。」福爾摩斯千叮萬囑，「先弄清楚賊巢在哪裏和匪幫人數，然後再報警。懂嗎？」

「**遵命！**」小兔子興奮地敬了個禮。

半個小時後，兩人的馬車跟着賊車，來到一棟簡陋的**平房**前停下。看來，這裏就是賊黨的**巢穴**。二人躲在窗外，想偷看屋內情況，可是窗簾被關上了，看不到賊黨的**人數**，只聽到有好幾個聲音在**七嘴八舌**地談論如何分配贓物。

「看這塊懷錶上的寶石，多大顆！」

「那顆寶石最大，即是最貴吧？你拿了這塊懷錶，就不能拿其他了。」

「等等，寶石有不同種類，**價值** 並非只取決於大小啊。」

「是嗎？你們誰懂得 **鑑定** 懷錶和寶石？」

「誰也不懂吧！」

「這樣吧，既然懷錶的大小相近，就把懷錶放在布袋中，每人隨機抽出相同的數目，按數量**平分**。如何？」

「好吧！」

「那麼，**每人平均分5塊**懷錶吧！」

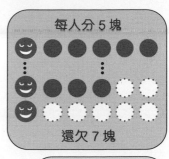

房內傳來窸窸窣窣的聲音，然後有人說：「**還欠7塊錶**才能平均分完啊！」

「那麼，就**每人4塊**吧！」

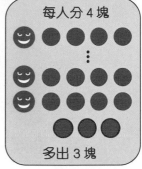

又是一陣窸窸窣窣的聲音，另一個人說：「現在**多出3塊懷錶**，這些又歸誰啊？」

屋內的賊黨再次**爭論不休**。

福爾摩斯輕聲說：「小兔子，你快去找**李大猩**他們，請他帶夠人馬來捉賊，記得要告訴他賊黨共有……」福爾摩斯在小兔子的耳邊交代了**賊黨的人數**和**懷錶的數量**。

「原來他們有這麼多人！你是怎樣知道

難題①：
你知道賊人和被劫懷錶的數量嗎？這涉及 2 個未知數，你可將賊黨人數設成 A，把懷錶總數設成 B，再根據賊人的對話，列出 2 條方程式。不懂的話，可看第 37 頁。

的？我完全聽不出來呢。」

「少囉嗦，快去吧！」

半小時後，蘇格蘭場的李大猩就帶同數十名部下趕到，把賊黨**一網打盡**，來個**人贓並獲**。

「我要**兩袋曲奇**！」在回程的馬車上，小兔子忽然攤大手掌，向大偵探說。

「甚麼兩袋曲奇？」

「我報警有功，不用**打賞**嗎？」

「一袋吧。」

「不行，要兩袋，其中一袋是賠償被老鼠搶走的呀。」小兔子**討價還價**。

「算了、算了，要是糕餅店仍有存貨的話，就送你兩袋吧。」福爾摩斯**無奈**地答允了。

當他們回到那家糕餅店一看，發現店門和窗戶都關上了。而且，店子外面還被警方的**封條**包圍着。他們還看到蘇格蘭場的**狐格森**正和幾個警員守在店外，不准途人靠近。

「狐格森先生，怎麼把糕餅店**封**了？」小兔子問。

「名錶店的老鼠大多逃進了這家糕餅店，為免影響其他店鋪，就暫時把它

31

封了。」狐格森說。

「對了，為何名
錶店會跑出那麼多**老**
鼠呢？」福爾摩斯
問。

「據名錶店店長說，有幾個劫匪假扮顧客
進入店鋪，他們打開手提箱放出老鼠，在**製造**
混亂後乘機打劫！所以，那些老鼠其實是劫匪
打劫用的**道具**。」

「原來如此。」

「幸好剛才李大猩已把賊黨**一網打盡**，
還起回全部失去的懷錶呢。」福爾摩斯說。

「懷錶店雖然沒有損失，但這家糕餅店就
慘了。」狐格森指向一名坐在牆邊男子說，「他
是糕餅店的店長，老鼠**污染**了店鋪，又在店中

亂竄，他只好把店封了。」

「唉……」經理抱着頭深深地**歎氣**，「完蛋了……」

「叔叔！提起精神來！全倫敦都知道你的曲奇很**好吃**！清理老鼠後，一定會有很多人來光顧的！」小兔子上前安慰。

「經理先生，我十分佩服你毅然**封鋪**，可否讓我助你**一臂之力**？」福爾摩斯走過

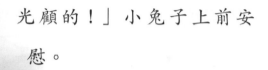

去，把手搭在經理的肩上說，「我有一種**毒氣彈**，丟進鋪中，只需10分鐘就可殺光老鼠。」

「唉……事情沒這麼簡單啊！」經理**垂頭喪氣**地說，「我跟一位客户簽了約，要在今天

黃昏前交付**1000塊**曲奇，就算殺光老鼠也要花時間清潔，重新採購材料又起碼要兩天……交不出貨的話，就要賠錢了……」

「我知道貴店在附近還有幾家**分店**，可否請分店幫忙烤製呢？」福爾摩斯問。

「除了我這間店外，還有 **5間分店**，可是……唉……」經理抱着頭說，「各家分店也有自己的訂單，不能突然提高產能啊。」

福爾摩斯想了想，問：「你們是連鎖店，每間產能都**一樣**吧？請問烤製一塊曲奇要花多少時間？」

15分鐘 ➡ 50塊曲奇

「不是逐塊計的，我們每**15分鐘**可烤製**50塊**曲奇。」

「是嗎？那麼，每間分店午飯休息由幾點至幾點？」

「由 **1點至2點**。」

「太好了！」福爾摩斯說，「現在是11點，你馬上去叫5間分店取消**午飯時間**全速烤製曲奇，只要他們答允，就能趕得及完成訂單了！」

> 難題②：
> 5家分店須合共烤製 1000 塊曲奇，每家分店在 15 分鐘可烤製 50 塊，5 家分店共需多少時間烤製？它們能趕得及在黃昏前完成嗎？答案在第 38 頁。

「呀！怎麼我沒想到呢。沒錯！只要用午飯時間趕製，就一定趕得及！我真是的，居然慌張得**不知所措**。」經理頓時**笑逐顏開**，「我馬上去通知各分店。先生，你剛才說能滅鼠吧？勞煩你了！」

語畢，經理**一溜煙**似的跑走了。

「那麼，我那兩袋曲奇怎辦？」小兔子問。

「改天再買給你，現在回家取毒氣彈滅鼠，沒你的事了，**滾！滾！滾！**」福爾摩斯趕小兔子離開。

「等等！站住！」狐格森喝道，「**鼠不能滅**，你們也不能走。」

「甚麼？為何鼠不能滅？」

「老鼠是劫匪放的，換句話說，就是行劫的工具，是**證物**。」狐格森舉起一個小鐵籠說，「我們不能破壞證物，所以必須**活捉**！你們一起來幫手捉老鼠吧！」

聞言，兩人雙腿一歪，「**啪噠**」一聲齊聲摔倒在地。

福爾摩斯的計算過程

難題①：

　　　先設 A＝總人數，B＝懷錶總數。根據賊黨的對話，可列成以下兩條方程式：

1. 如每人分 5 個懷錶，欠 7 個才能平分，即 5 x A 的數量再少 7 個便是懷錶總數，這可寫成 5 x A - 7 = B；

2. 如每人分 4 個懷錶，則會多出 3 個，即 4 x A 的數量再加 3 個便是懷錶總數，這可寫成 4 x A + 3 = B。

因兩條方程式的答案 B（懷錶總數）相等，可合成以下一條方程式，計算 A 的值：

$$5 \times A - 7 = 4 \times A + 3$$
$$5A - 7 + 7 = 4A + 3 + 7$$
$$5A = 4A + 10$$
$$5A - 4A = 4A + 10 - 4A$$
$$A = 10$$

所以，總人數是 10 人。

把 A = 10 代入 4 x A + 3 = B，可得：

$$4 \times 10 + 3 = B$$
$$40 + 3 = B$$
$$43 = B$$

所以，懷錶總數是 43 個。

註：在代數中，如要乘以未知數，可省略乘號，如 C x D 可寫成 CD。

37

難題②：

　　5家分店平分 1000 塊曲奇產量，即每家分店要烤製 1000 ÷ 5 = 200 塊曲奇。

　　而每家分店烤製 50 塊曲奇需時 15 分鐘，烤製 200 塊的話，就是 50 塊 x 4 倍 = 200 塊。因此，需要的時間也須乘大 4 倍，即 15 分鐘 x 4 倍 = 60 分鐘。

　　所以，5家分店烤製 1000 塊曲奇，合共需 60 分鐘 x 5 倍 = 300 分鐘（5 小時）。

　　不過，由於 5 家分店都是在午飯時間（1:00～2:00）同時烤製，故只需 60 分鐘（1 小時）就能烤製完畢，完全可在黃昏前完成任務。

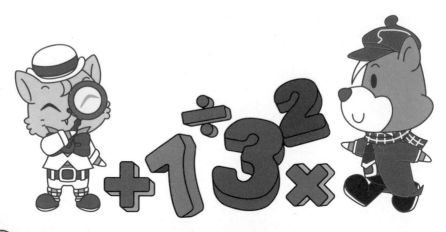

「那傢伙逃進**火車**了！」李大猩在月台上邊跑邊大喊。

「**追**！我們也快上車！」説着，福爾摩斯一馬當先，跳上了一節車廂的踏板。

李大猩、華生和狐格森緊隨其後，也跳上了火車。這時，不遠處傳來火車站長的呼叫：「特快列車**皇后號**即將開出，請乘客儘快上車！下一站是終點——**伯明翰站**！」

火車隨即慢慢開動。

四人走進車廂後，眼尖的狐格森馬上叫道：「奧萊夫在往**車尾**跑去呀！」

華生定睛一看，果然，一個男人正**粗暴**地推開其他乘客往車尾跑去。

「**追！**」

四人一直追至車尾的車卡連接處，只見奧萊夫惶恐地站在那裏，**進退維谷**。

「嘿嘿嘿，火車開得這麼快，想跳車也不行吧？看你還能往哪兒跑！」李大猩用手槍指着對方。

「尤里・奧萊夫，你協助**M博士**犯案已證據確鑿，**束手就擒**吧！」狐格森惟恐被搭檔獨佔功勞，也慌忙喊道。

「你已失手，不想被 M 博士**殺人滅口**的話，接受警方保護，或許是更佳選擇啊。」福爾摩斯説。

「哼，別説笑了，我還未失手。」奧萊夫**嗤之以鼻**，「只要到了終點站，就會有人來接應，你們還是擔心自己吧。」

「甚麼？死到臨頭還敢**放屁**！」李大猩一怒之下，賞了奧萊夫一個耳光，把他打得**眼冒金星**。

之後，孖寶幹探把奧萊夫全身搜了一遍，除了一個**錢包**、一盒**香煙**和一張往伯明翰的**車票**外，甚麼可疑的東西也沒搜到。

於是，他們向矮矮胖胖的車長表明身份，並把奧萊夫獨自鎖在一個沒有窗的包廂中。

「現在怎麼辦？」華生**擔憂**地問。

「剛才他語氣囂張，還擺出一副**成竹在胸**的樣子，看來**接應**他的人一定不會少。」福爾摩斯道，「到站時，萬一他們依仗人多勢眾來

搶犯，恐怕我們也應付不了。」

「不用怕，可以發**電報**叫伯明

翰警方派人支援！」狐格森提議。

「甚麼？堂堂蘇

格蘭場警探，竟然要求地方警察

支援，太**沒面子**了！」李大猩

反對。

「面子？這個時候還説面

子？」狐格森**反唇相譏**，「面

子可以當飯吃嗎？被犯人逃脱了怎

辦？」

「哎呀，別吵了。」福爾摩斯沒好氣地説，

「被犯人逃脱的話就更沒面子了，就讓狐格森

去——」

「**不得了！**」福爾摩斯還未説完，一名乘

務員已慌慌張張地跑了過來。

「怎麼了？」胖車長問。

「車長，不得了！電報機不知被誰**破壞**了，發不出電報啊！」

「甚麼？」眾人被**嚇了一跳**。

「怎麼辦？怎麼辦？」狐格森急得**團團轉**。李大猩雖然強裝冷靜，但額上也禁不住滲出了兩滴**冷汗**。

「原來如此……沒想到 M 博士已算到這一步。」福爾摩斯**喃喃自語**。

「甚麼意思？」華生問。

「奧萊夫的車票是到伯明翰站，就是說，他早已準備與那裏的人接頭。」大偵探眼底寒光一閃，「M博士為保**萬無一失**，便預先破壞了電報機，令車上的人無法向外通信。」

「啊。」

福爾摩斯想了想，向胖車長問：「車長先生，還有多久才到達伯明翰？」

「預定**4時**到達。」

大偵探掏出懷錶看了看：「還有**45分鐘**……」

突然，眾人身後「咔嚓」一聲響起，洗手間的門被打開了。

「呃，不好

意思，我是無意**偷聽**的。」一個年輕人從洗手間走了出來，「如果你們有需要，我有一個替代電報的**快速傳信**方法。」

「你是誰？」李大猩一手抓住對方的胸口問，「難道是 M 博士的**同黨**？」

「不不不！」年輕人慌忙掏出一張名片，「我是**《倫敦時報》**伯明翰分社的記者**佐治・哈伯特**。」

「哈伯特先生，你説的方法是？」福爾摩斯問。

「就是這個！」哈伯特説着，從背包中取出一個**小籠子**，裏面裝着的竟是——

「**鴿子？**」華生和孖寶幹探登時呆在當場。

籠中鳥瞪着圓圓的紅眼珠歪一歪頭，好奇地

看着三人，並發出「咕嚕、咕嚕」的叫聲。

「牠是**信鴿**吧？」大偵探靠近鳥籠問。

這時，華生才發現鴿爪上綁着一個大小與尾指相若的小圓筒。這是信鴿的常見裝備，只要將寫有信息的**小 紙條**捲起來放進小圓筒中，信鴿就會按指定路線飛行，把紙條送到目的地。

「沒錯。」哈伯特説，「報社養了一批信鴿，每個記者遠行時都會帶上一隻，訓練其**歸巢能力**。養鴿室在每天**3時至4時**都有當值同事餵飼。現在放飛的話，牠一回巢就有人接應並馬上報警。」

「哼！哪又怎樣？」李大猩質疑，「一隻這麼細小的鴿子難道比火車還**快**嗎？」

「你有所不知，在**順風**的環境下，訓練有

素的信鴿<u>時速</u>可超過 **100公里**。」哈伯特看向車窗，「剛巧今天順風，相信牠能維持平均速率在時速 100 公里呢！」

「唉！你別只顧推銷信鴿！」李大猩不耐煩地說，「這輛火車也很<u>快</u>啊！你肯定它的時速低於 100 公里嗎？」

「**70公里**，本列車的時速只有 70 公里。」站在一旁的胖車長眨眨眼說。

「那就沒問題了。」哈伯特邊說邊在筆記簿畫出計算**草圖**，「看，有足夠時間去報警呢。」

難題①：放飛信鴿的時間是 3 時 15 分。火車以時速 70 公里行駛，於 4 時到達終點站。而信鴿則以時速 100 公里飛行，牠會比火車早幾分鐘到達終點站呢？（計算過程可使用分數）答案在第 61 頁。

給你一點提示吧！
你可運用以下 3 條公式來得出最後的答案：
❶ 速率 × 時間 ＝ 距離
❷ 每小時的速率 ÷60 ＝ 每分鐘的速率
❸ 距離 ÷ 速率 ＝ 時間

福爾摩斯沒作聲，只是**若有所思**地盯着那名年輕記者。

哈伯特小心翼翼地把狐格森寫好的紙條放進鴿爪上的小圓筒，然後走到車卡之間的連接處，大叫一聲：「**去吧！**」

「啪沙」一聲，信鴿**展翅高飛**，很快就超越了車頭遠去，成為藍天中一個小黑點。

返回車廂後，福爾摩斯問：「哈伯特先生，有一件事我**想不通**。」

「甚麼事？」

「這個年代連鄉郊也能收發電報了，為何貴報仍使用信鴿呢？」

「我們平時工作都會用電報啊！養信鴿只是報社老闆的**興趣**。」哈伯特苦笑，「據說他的父輩曾經營信鴿公司，當時火車速度很慢，電報又尚未普及，信鴿就是最快的**遠距離傳信**工具。老闆自幼**耳濡目染**，就愛上了訓練信鴿。我們也只能陪着他玩玩。」

下午4時，「嗚──」的一下氣笛聲響起，

火車緩緩地開進了終點站的月台。

「看來信鴿的任務**成功**了呢！」福爾摩斯看着窗外道。

華生往窗外一看，果然有不少警察在站內巡邏，還有多名滿臉橫肉的**彪形大漢**被扣押着，看來伯明翰警方已將 M 博士的爪牙**一網打盡**了。

待所有乘客離開月台，大偵探一行人才押着奧萊夫步出車廂。

「喂！我在這！快來救我！」奧萊夫突然**心急如焚**地向那幫彪形大漢大喊。

「傻瓜！你的眼睛長在屁股上嗎？沒看到同黨已全被**拘捕**了？還喊甚麼！」李大猩罵道。

「這……這……」奧萊夫頓時變得**失魂落魄**似的喃喃自語，「怎……怎麼辦啊？我……我**死定**了……」

「嘿，現在才知死，太遲啦！」狐格森笑罵。

突然，奧萊夫「啪噠」一下跪在地上，哀聲喊道：「我願意做**污點證人**，求你們救我一命！我快要**中毒身亡**，請幫我取**解藥**吧！解藥就在其中一個同黨身上！」

李大猩厲聲喝道：「別耍花樣！以為這樣就

53

能令我們**上當**嗎？」

「不⋯⋯不不不，我⋯⋯我真的中毒了⋯⋯」

滿臉懼色的奧萊夫**和盤托出**。原來他受 M 博士之命，要帶一個口信給終點站的同黨。但為免他中途**背叛**，就事前向其**下毒**。只有完成任務後，他才可從同黨手上換取解藥。

華生心想：「難怪他剛才那麼**慌張**，原來不是擔心同黨被捕，只是擔心自己沒解藥。」

果然，狐格森在其中一個大漢身上搜出一個

玻璃瓶，裏面裝有**綠色的液體**，看來就是奧萊夫所說的解藥。

那玻璃瓶呈**正十字柱體**，每邊瓶寬一樣。另外，瓶身還貼着一張**便條**，寫着解藥的用法。

奧萊夫看了看便條，登時**臉色大變**。原來上面寫着——

> 服用量：一天一次，須連喝5天。
> 每次限喝 $\frac{1}{5}$，喝多昏迷，喝少無效。

「福爾摩斯先生，你是全倫敦最有名的偵探吧？幫幫我好嗎？」奧萊夫苦苦哀求，「瓶上**無刻度**，我不知道要喝多少才算 $\frac{1}{5}$ 啊！」

「把藥水倒進**量杯**測量一下不就行了？」華生提議。

「萬萬不可，M博士說過解藥一接觸空氣就會**無效**，絕不能倒出來。」奧萊夫緊張地說。

「讓我看看。」福爾摩斯取過瓶子，打開瓶蓋仔細地**觀察**，「瓶嘴呈飲管狀，可避免藥水接觸空氣而失效。看來，服藥者只能直接從藥瓶**啜飲**。」

「喝第一天的分量很容易，第二天就有點難了。」華生說。

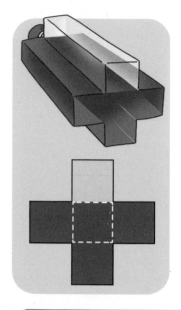

福爾摩斯想了想，就拿出小刀，在瓶底刻了**一條線**，並向奧萊夫說：「你把藥瓶*傾斜*，當藥水被喝剩至這條線上，就代表你明天喝了 $\frac{1}{5}$。」

難題②：
將瓶子橫向擺放，可將瓶底看成 5 個相等的正方形。今天奧萊夫只要喝掉一整個正方柱體的分量，就等於喝了 $\frac{1}{5}$ 解藥了。
但是，之後瓶中的藥水就會如圖呈 T 字型。那麼明天奧萊夫應把藥水喝至哪兒，才代表他喝了 $\frac{1}{5}$？你能在圖中畫一條直線來標示嗎？答案在第 61 頁。

「原來是這樣！太好了，我不用死了！」奧萊夫哭着**連番道謝**，「謝謝你！謝謝你！」

說完，他就拿着藥水被警方押走。

看着奧萊夫那**瑟縮**的背影，華生不禁有點同情地說：「M博士也太可惡了，不但要他吃毒藥，還在藥瓶上**故弄玄虛**，把人折磨得神經兮兮！」

「是的，M博士視人命如**草芥**，根本不會理會手下的死活。」福爾摩斯眼底閃過一下寒光，「所以，我們必須把M博士**繩之以法**，讓他不能再**作奸犯科**。」

「太精彩了！太精彩了！」一直在旁看着的那個年輕記者哈伯特**拍掌歡呼**，「福爾摩斯先生，機會難得，我可以為你做一個訪問嗎？」

「訪問？這個──」

「這種**小事**，不要麻煩福爾摩斯啦！」突然，李大猩一個箭步衝到哈伯特面前，堆着笑臉說，「嘻嘻嘻，**訪問我吧**。我反正有空。」

「不！」狐格森見狀，也慌忙衝過來說，「**訪問我吧！**我最樂意配合傳媒的工作。」

「這……」哈伯特不知如何是好。

「你**滾開！**」李大猩一手把狐格森推開，

「人家要訪問的是我！」

「你才**滾開**！」狐格森**不甘示弱**，「是我最先提出聯絡本地警方的，之後才會想到利用信鴿呀！你想搶我的**功勞**嗎？」

「甚麼？是誰抓到奧萊夫的，是我呀！」李大猩罵道，「你這隻臭狐狸，你才想搶我的**功勞**呀！」

看到兩人吵得**不亦樂乎**，喜歡低調行事的福爾摩斯和華生就趁機悄悄地離開了。

就在這時，那個胖車長\笑嘻嘻/地走到孖寶幹探前面，眨眨眼說：「兩位警探先生，不好意思，讓我打擾一下。」

「怎麼啦？」狐格森和李大猩同聲喝問。

「你們沒買票上車，每人**罰3鎊**。」胖車長說着，遞上了兩張告票。

「甚麼？」聞言，兩人腿一歪，同時摔倒在地上。

翌日，《倫敦時報》大字標題報道：**大偵探福爾摩斯智救中毒疑犯，蘇格蘭場孖寶傻探坐霸王車被罰。**

李大猩和狐格森看了報道，登時幾乎氣絕身亡。

福 爾 摩 斯 的 計 算 過 程

難題①：

　　首先，計算接下來的行車距離：火車以時速 70 公里行駛 45 分鐘，而 45 分鐘即是 $\frac{3}{4}$ 小時，所以行車距離是 $70 \times \frac{3}{4} = 52.5$ 公里。

　　然後，把信鴿的速率「每小時 100 公里」換算成「每分鐘幾公里」，算式是 $100 \div 60 =$ 每分鐘 $\frac{5}{3}$ 公里。

　　最後，假設信鴿跟火車一樣飛 52.5 公里，所需時間是 $52.5 \div \frac{5}{3} = 31\frac{1}{2} = 31.5$ 分鐘。

　　因此，信鴿比火車快 $45 - 31.5 = 13.5$ 分鐘到達終點站。

難題②：

　　如圖所示，把瓶子稍微傾斜，可在藍色長方形內畫出一條對角線（紅線），此線把長方形面積分成一半，即是一個正方形的面積，也就是 $\frac{1}{5}$。

裝滿解藥即有 $\frac{5}{5}$	第 1 天喝剩 $\frac{4}{5}$	第 2 天喝剩 $\frac{3}{5}$	第 3 天喝剩 $\frac{2}{5}$	第 4 天喝剩 $\frac{1}{5}$	第 5 天全部喝完

「難得晴天，你不出去走走嗎？」華生邊問邊打開窗，好讓房內的化學品**氣味**散去，

「這星期你都在**查案**和**做實驗**，沒踏出過門口半步啊。」

「難得最近**生意興隆**，居然同時有六個案子找上門來，哪有空外出啊。」福爾摩斯埋首書桌，忙着比對各個案子的調查筆記，頭也

不回地說道。

「噠噠噠——」突然，門外傳來一陣雜亂的腳步聲。接着，大門被「砰」的一聲踢開，小兔子闖了進來。他身後還跟着整隊少年偵探隊，他們你一言我一語的吱吱喳喳地說個不停。

「真的有實驗表演看嗎？」

「不像在做實驗啊。」

「咦？福爾摩斯先生，你今天不做實驗表演嗎？」小兔子在大偵探的身旁走來走去，四處翻尋實驗用品。

「別亂翻呀！真沒禮貌！」福爾摩斯大聲斥責，「你怎知道我在做實驗？」

「愛麗絲說的啊，她說這幾天在樓下嗅到一股濃烈的化學

64

品氣味。」

「那丫頭……」福爾摩斯**沒好氣**地說，「我是因為查案才做實驗，不是表演，你們去別的地方玩吧。」

這時，小兔子已找到一個裝着**銀色粉末**的玻璃瓶。

「咦？這是甚麼？」小兔子**好奇**地用力**搖晃**瓶子。

「哇！**危險**啊！」

福爾摩斯**慌忙**奪過瓶子，「我連上廁所的時間也

沒有，哪有時間跟你玩呀，**快滾**！」

「哇！福爾摩斯先生拉不出屎，沒法上廁所呀！他現在心情很差，不要惹他呀！」小兔子向街童們喊道。

「**混賬！** 別亂説呀！」福爾摩斯大罵。

「快走呀！大偵探欺負小童呀！我們去**城北**那個**堡壘**探險！」小兔子邊嚷邊**奪門而出**，往樓下衝去。

「走呀！福爾摩斯先生掉進了馬桶呀！」

「福爾摩斯先生欺負小童呀！我們要逃去**城北堡壘**呀！」

少年偵探隊的隊員們跟着高聲呼叫，一下子就跑光了。

「*滾！滾！滾！快滾！*」大偵探被氣得兩眼圓瞪。

到了中午吃飯時間，華生總算把福爾摩斯拉出居所。可是才走到街口，就看到五輛蘇格蘭場的馬車停在路旁，四周還有三十多個巡警，個個**荷槍實彈**。一個巡警蹲在最前面的一輛馬車旁，似乎在修理車輪。兩人發現**李大猩**和**狐格森**也在，便走過去打招呼。

「發生甚麼事？巡警們居然連步槍都帶上了。」華生問。

「我們要去**剿匪**。」狐格森**緊張兮兮**地

低聲說。

「剿匪？」

「你們知道兩星期前，倫敦西部發生了**劫案**吧？」狐格森問。

「當然知道。」福爾摩斯故意**字正腔圓**地引述報紙上的頭條，「『在警方的重重包圍下，賊人以**強勁火力**衝擊防線，輕易地殺出重圍。蘇格蘭場如同紙老虎一樣**不堪一擊**！』」

「好啦，別再說了！」李大猩不服氣地大吼，「這次一定會一舉殲滅他們！」

「啊？已找到賊人的**巢穴**了？」福爾摩斯問。

「正是。」狐格森把聲線壓得更低，「我

們接到線報，賊人正藏身於**城北**一個**荒廢堡壘**——」

「甚麼？」
福爾摩斯赫然一驚。

「城北只有一座荒廢堡壘，剛才小兔子他們跑到那裏去**玩**啊。」華生緊張地說。

這時，巡警跑過來報告馬車修好了。

「既然牽涉小兔子他們，我們不能**袖手旁觀**！」福爾摩斯連忙跑回住所拿了些**東西**，就跟華生一同跳上蘇格蘭場的馬車。

一個小時後，馬車車隊到了<u>城北郊外</u>。由於道路愈來愈窄，馬車不能通行，眾人只好

帶着裝備下車，
沿着兩旁長滿長
草的崎嶇小徑徒
步前進。

「沙沙──」

忽然，遠方的長草堆中傳來聲響。走在前頭的
福爾摩斯立即舉手示意所有人蹲下。當眾人緊
張地**蹲下**時，只見一個滿臉鬍鬚的**老人**從草
叢中步出，他背着一捆柴枝和手持一柄斧頭，
看來並不像劫匪。於是，福爾摩斯走上前去查
問了一下。

「你說**六個小孩**嗎？我沒注意是否六個
啊。」老人指向北面說，「不過，剛才確有一
羣**吵吵鬧鬧**的小孩向那邊走去。」

「那正是**堡壘**的方向！」狐格森大驚。

　　福爾摩斯謝過老人後，示意各人加快步伐
前進。不一會，福爾摩斯、華生和孖寶幹探他
們已來到距離堡壘一百米左右的地方，他們躲
在一塊巨大的朽木後面，用**望遠鏡**觀察堡壘的
狀況。

　　「看不到城牆上有人呢……」福爾摩斯邊
觀察邊說，「你們確定賊人有**十多人**，對吧？」

　　「是呀，我們有三十多人，可以從正門強
攻進去！」李大猩放下望遠鏡，興奮地説。

「不，高處防守佔了**地利**，加上我們不清楚堡壘內部情況，不能貿然強攻。」福爾摩斯立即反對。

「對呀，就算能攻進去也必會**死傷慘重**呀！」狐格森也不同意。

「但堡壘就只有**一個入口**，不從那裏攻進去，還能怎樣？」李大猩**不甘示弱**地反駁。

「你怎知道只有一個入口？」華生問。

「我向倫敦考古學會借來堡壘的**古地圖**，

上面繪畫了**城牆**及**塔樓**的形狀及位置。」
李大猩從口袋掏出地圖，指着圖

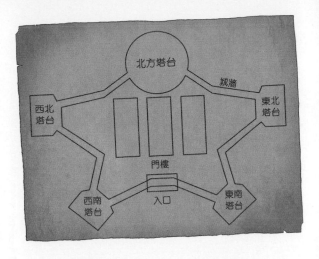

中的入口説，「看，就只有這個入口。」

「華生，你怎麼看？」福爾摩斯**目不轉睛**地看着地圖問。

「入口的左右兩邊都有**制高點**，從那裏攻進去非常危險。」華生答道，「我建議攀上城牆或塔樓潛入，因為堡壘的外牆**凹凸不平**，該可徒手攀爬——」

「但是攀上去時很易被發現呀。」狐格森擔心地説。

「嘿嘿，這倒未必。」福爾摩

斯**狡點一笑**，並指着地圖上的**幾個地點**說，

「在這些地方攀上去的話，至少在攀爬中途不

會被看到。」

「怎會看不到？」狐格

森和李大猩**不明所以**。

「這也不明白嗎？」福

爾摩斯**沒好氣**地說，「在

城牆及塔樓上的人，如果不

把頭伸出**垛口**，就看不到城牆下的人呀。」

「這個我當然知道！」李大猩不服氣地用

手指在地圖上

畫出幾條**直**

線，「但是，

這堡壘的城牆、

塔樓及炮台上

全都有垛口，其視線可 **互補** 每一處的盲區呀。」

「嘿嘿嘿，真的嗎？請再看清楚。」福爾摩斯冷笑。

難題①：你能找出所有盲區的確實位置嗎？答案在第 84 頁！

孖寶幹探定睛再看，但仍看不出 **箇中奧妙**。

「原來如此！」忽然，華生叫道，「有數個絕妙的 **盲區**，是無法從任何一個垛口看到的。」

「沒錯。」福爾摩斯一副 **成竹在胸** 的樣子，「只要攀爬時不發出聲響，避免正上方的人伸出頭來查看，該可成功 **潛入**。」

於是，李大猩命令巡警原地 **埋伏**，等候進攻信號。然後，他與福爾摩斯、華生和狐格森利用朽木、石塊和草叢等掩護物，溜到塔樓下方。福爾摩斯 **身手敏捷**，先帶着繩索往上攀。

過了一會，一條**繩索**沿着牆邊垂了下來，華生、狐格森和李大猩也一個跟一個地攀了上去。

「嘿，真走運。」福爾摩斯輕聲笑道，「我已觀察過了，城牆上沒人**把守**，只有四個賊人在入口上方的門樓上**賭錢**。」

華生用望遠鏡從塔樓的垛口往對面一看，果然，門樓上有四個人蹲在地上圍成一圈，看來把放哨的任務已忘得**一乾二淨**。

「接着怎辦？」華生問。

「我跟李大猩沿城牆通道**逆時針**走，你跟狐格森**順時針**走，

從兩邊**包抄**那四個好賭的傻瓜，一舉制服他們吧。」

「好計策！」華生點了點頭，便與狐格森**躡手躡腳**地走了。

不一刻，四人順利完成任務，輕易就**制服**了四個賊人。李大猩立即走下石梯，從入口帶着其他巡警靜靜地竄進來，控制了堡壘內外，只剩下堡壘中央的 3 幢小屋尚未拿下。

「剛才被制服的賊人説過，這**3幢小屋**內各有**三人**把守。」狐格森説。

「好！我們馬上破門直攻！」李大猩興奮得**磨拳擦掌**。

「且慢，賊人可能抓了小兔子他們，強攻會**傷及無辜**。」華生提醒。

「對，剛才那幅地圖一側好像有小屋的**平**

面圖，最好先看看。」福爾摩斯說。

聞言，李大猩慌忙掏出地圖，果然，其角落有 3 幢小屋的平面圖。

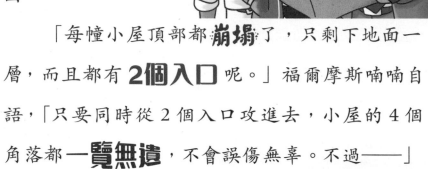

「每幢小屋頂部都**崩塌**了，只剩下地面一層，而且都有**2個入口**呢。」福爾摩斯喃喃自語，「只要同時從 2 個入口攻進去，小屋的 4 個角落都**一覽無遺**，不會誤傷無辜。不過——」

小屋 A

小屋 B

小屋 C

「不過甚麼？」華生問道。

「人的**視野角度**有限，攻進去時，這小屋有**一個死角**

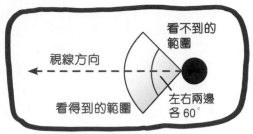

從門口是看不到的。」大偵探指着圖上的其中一個入口說。

難題②：你知道A、B和C 3幢小屋中，哪一幢有看不到的死角嗎？答案在第85頁！

「那小屋就交給我吧。」福爾摩斯掏出一瓶**銀色粉末**說，「用它就能防止賊人發難了。」

「咦？這不是小兔子拿來玩過的粉末嗎？」華生問，「它有甚麼用？」

「嘿嘿嘿，你馬上就知道了。」福爾摩斯把瓶蓋換成帶引線的木塞，**狡黠**地一笑。

福爾摩斯選出最**精銳**的巡警，組成五個強攻小隊，每隊三人。

「聽着。」福爾摩斯向小隊說，「3幢小屋中有**6個門口**，你們每隊強攻1個門口，餘下的1個最危險，由我、狐格森和李大猩負責。華生留下來，萬一有人受傷，就可以馬上**搶救**。」

所有人馬**各就各位**後，福爾摩斯和孖寶幹探來到他們負責強攻的門口前。

「準備！」福爾摩斯說着，「嚓」的一聲**點燃**木塞上的引線。

同一剎那，狐格森以信號槍向天發射了一枚**紅色信號彈**。

「嘭！嘭！嘭！」十多下破門聲同時響起，各個小隊已發動了強攻。

李大猩也一腳踢開大門，福爾摩斯旋即將瓶子往屋內扔去。

同一瞬間，屋內「砰」一聲炸出一道強烈**閃光**。

「警察！放下武器！」狐寶幹探闖進屋內大喊。但賊人們全都被閃盲了眼，還沒來得及反應，便已被**制服**在地上。

可是，屋內並無小孩的蹤影。攻進另外2幢小屋的巡警來報，也沒發現小孩。

「奇怪，小兔子他們在哪裏呢？」福爾摩斯**摸不着頭腦**。

李大猩抓住一個賊人的衣襟喝問：「把**人質**藏在哪裏？快説！」

賊人正想開口説話時，門外跑來兩個慌慌張張的巡警，説：「長官，在堡壘外圍有幾個**可疑人物**，想請你去看看。」

福爾摩斯和華生連忙到堡壘門口看個究竟，卻發現所謂的「可疑人物」，原來正是不見蹤影的**少年偵探隊**。

「原來你們在這裏啊。」福爾摩斯鬆了一

口氣，「你們不是說要來**探險**的嗎？」

「我們經過**河邊**時，發現那裏更好玩，就留在那裏探險了。」小兔子答道，「可是，剛才看到這兒的半空有枚**紅色火球**，就走過來看看了。對了，這麼多巡警也是來探險的嗎？」

福爾摩斯和華生聽罷，都**哭笑不得**。

難題①：

　　只考慮視野最好的 5 個塔台即可。若從東北、東南、西南、西北及北方塔台繪畫向外伸延的視野線，以標示其可看到的範圍，就可發現它們都看不到各自的正前方區域，故為堡壘的 5 個盲區。

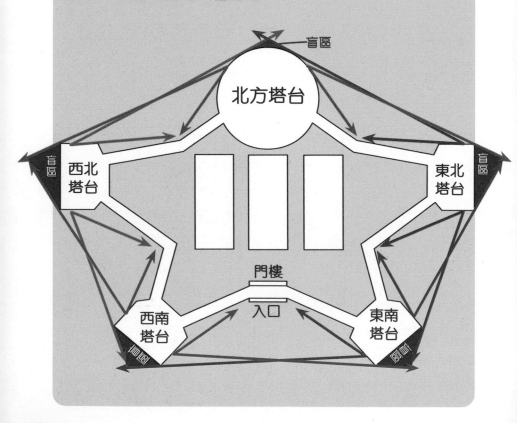

難題②：
小屋 A 的兩個角落都面向一
扇門，不可能有死角。

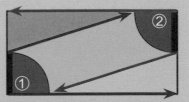

小屋 A

站在小屋 C 左下方的門①
看去，左上角及右上角均
一覽無遺。此外，從上方
的門②更可清楚看到室內
整個下半部分，因此也沒
有死角。

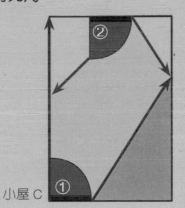

小屋 C

攻進小屋 B 的兩扇門
的一刻，均不能看到右
上角，故這是死角。所
以，福爾摩斯將閃光彈
用在小屋 B。

死角

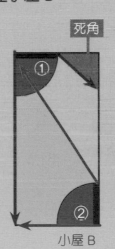

小屋 B

第一扇門的
視線區域　　第二扇門的
視線區域　　兩扇門重疊的
視線區域

「福爾摩斯先生，這是你的 信 。」愛麗絲把一疊信遞上。

「哈，竟然來送信。」華生語帶 戲謔 地說，「今天不用追收房租嗎？」

「追收房租不但費神還會影響心情，今天暫時 休戰 。而且——」愛麗絲一頓，舉起手中的書本 自鳴得意 地說，「我搶

購到最新一集的《俠盜羅蘋》小說，要集中精神把它看完呀！」

「甚麼休戰？還差兩天才到期呀，別假裝**寬大為懷**好嗎？」福爾摩斯斜眼看了看愛麗絲。

「羅蘋？你指的是？」華生問。

「那個著名的法國蒙面大盜**亞森・羅蘋**呀，這是他的**傳記小說**！」

「那傢伙曾來倫敦作案，後來被逮捕，其實是個假貨＊——」

「**咳咳咳！**」福爾摩斯突然咳了幾下。

「啊！對了。」華生慌忙把說到嘴邊的話**吞**了回去，轉了個調子繼續道，「沒想到現在竟然有人為他著書立說呢？」

＊請參閱《大偵探福爾摩斯⑰史上最強的女敵手》，書中被捕的羅蘋其實是被福爾摩斯嫁禍的冒牌貨。

「呵呵，看來你還不知道呢。」

愛麗絲故作神秘地說，「這部小說

很受**歡迎**，還登上了各大書店的

暢銷榜呢！」

原來，早前羅蘋在倫敦犯案的事跡傳遍歐

洲，法國出版商認為這是個絕好的**商機**，便將

羅蘋**劫富濟貧**的經過改編成冒

險故事，還翻譯成英文版推銷

到英國來。最近，更成功在倫

敦掀起一陣「**羅蘋熱**」。

由於這套書在小學也很流

行，愛麗絲就趁假期讀完最新

一集，以便回到學校跟同學

吹噓一番。

「羅蘋有這麼**英俊**嗎？

跟他在倫敦被捕時的樣子完全不同呢。」華生
打量着小說封面説。

「吭吭吭！」福爾摩斯連忙又咳了幾下。

「啊！對了。」華生慌忙説，「他被捕時很**胖**，
一定是坐牢坐久了反而變得又**瘦**又**英俊**呢。」

「哼，一個胖小偷的故事，不加以美化怎能
吸引人看呀。」大偵探**酸溜溜**地説。看來，他
聽到羅蘋大受歡迎，心中很不是味兒。

「不僅小說，跟他有關的**精品**也大賣啊！」愛麗絲抽出夾在書中的一張紙牌說，「像這款『羅蘋紙牌卡』，大家都想集齊全套 52 張，班上的同學正計劃集資購買呢！」

「每人各自買**52張**就可以了吧？有甚麼好集資的？」大偵探好奇地問。

「哎呀，你想得太簡單了。『羅蘋紙牌卡』一包**20張**，每張卡上印有不同的羅蘋插圖，而且卡款**隨機**入包，要買好多包才能集齊全套啊。」愛麗絲說。

「嘩！這不是要花很多錢嗎？」

「最近有買卡**優惠**，每包卡都有 1 個 印

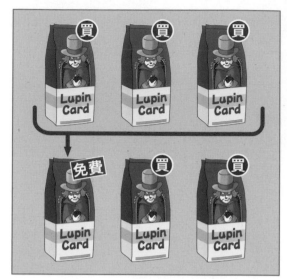

花，只要集齊3個**印花**，就可免費換到1包**卡**。」

愛麗絲滔滔不絕地說明，「換句話說，買3包就能免費換1包。之後，再買2包，即 **1 + 2 = 3**，憑這3包又可免費換到1包，如此類推。我和同學的目標是：連同免費的，總共要得到**120包卡**。最後，就讓有份合資的同學平分抽卡。」

「那麼……」華生數了數指頭，「你們要買多少包，才能集齊120包？」

「這個嘛，太難計了，我還沒計好呢。」

「這是你們要買的**數量**。」

福爾摩斯想也不用想，就把寫上數目的 紙條 遞了過去。

難題①：要買多少包卡，才能得到 120 包？
試試把情景畫出來，例如畫●代表買 1 包卡，●●● 就代表買 3 包卡，而畫▲代表免費換到 1 包卡，那▲●● 就代表 1 包是免費的，2 包是買的。先找出▲的總數吧！答案在第 105 頁。

「啊？真的？買這麼多就夠了？謝謝福爾摩斯先生！」愛麗絲大喜。

「不過，要跟同學説，千萬不要把 小偷 當作偶像啊。最近 竊案頻發，可能就跟這股羅蘋熱有關。」大偵探提醒。

他的話音剛落，門外就傳來急促的腳步聲。接着，房門被「砰」的一聲推開，只見 李大猩

拿着一個公文袋衝了進來。

「不得了！有**大案**發生！這次想你幫忙尋找**贓物**！」

「贓物？看，又有一件偷竊案發生了。」福爾摩斯瞅了愛麗絲一眼。

李大猩把調查檔案攤開在桌上，**一五一十**地把案情道出：

贓物是一條鑲有**12顆寶石**的**項鏈**。李大猩推測，賊黨在變賣前會找**黑市**珠寶鑑定專家鑑定寶石的價值，以便賣

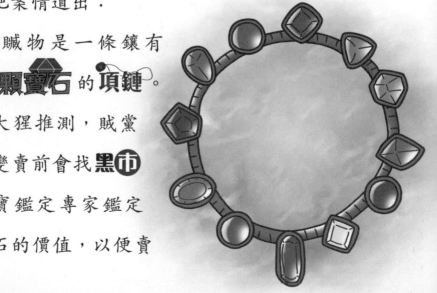

得一個好價錢。於是，他便走遍全倫敦，找了好幾個黑市鑑定專家**查問**。

如李大猩所料，確實有人找專家**鑑定**過失竊的項鏈。可惜的是，找專家鑑定的中介人已失蹤，故不知道賊黨所在，也不知項鏈的去向。不過，幸好專家留下了鑑定時的**圖紙**，詳細記錄了每顆寶石的**估價**。

「既然已有這個線索，你自己去查不就行了？何須來找我幫忙？」福爾摩斯擺出一副**莫不關心**的樣子。

「因為我知道**犯人**是誰呀！」

「是誰？」

「**飛賊三人組**！他們每次作案都會在現場留下名片。」

「哪又怎樣?」福爾摩斯**幸災樂禍**,「捉賊是你的工作,跟我可沒關係。」

「不!這次跟你有很大關係啊!」

「甚麼?難道你以為我是飛賊三人組的成員嗎?」福爾摩斯**生氣**地說。

「千萬別誤會!我說與你有關,是因為——」李大猩**煞有介事**地吞了一口口水,並從檔案中翻出一張小卡紙,「三人組在今次的名片上,還留下了這句話。」

就算那個沽名釣譽的所謂大偵探,也對我們無可奈何呢!

飛賊三人組

「甚麼？居然這樣**詆毀**我？」福爾摩斯拍案而起，「豈有此理！好！我就幫你把他們拘捕歸案！」

華生不禁暗笑，福爾摩斯最重**名聲**，飛賊三人組竟對他**出言不遜**，他們這次有難了。

「哇！真漂亮！難怪飛賊三人組看中它了。」**好管閒事**的愛麗絲拿起桌上的寶石鑑定表讚歎。

聞言，華生也探頭看去，只見表上附有項鏈的繪圖，鏈上的 12 顆寶石旁還一一列明**估價**。

「不要防礙大

人做正經事，回去看你的羅蘋小說吧。」福爾摩斯不耐煩地訓斥。

「原來最貴的寶石和最便宜的**相差逾10倍**！就算只拆出最貴那幾顆來賣，價錢也十分可觀呢！」愛麗絲無視大偵探的斥責，自顧自地發表感想。

「**拆出來賣?**」聞言，福爾摩斯**靈機一觸**，「李大猩，你查問過全倫敦的當鋪和珠寶商了嗎？」
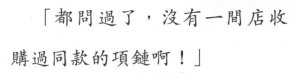

「都問過了，沒有一間店收購過同款的項鏈啊！」

「**同類型的寶石**呢？他們有收過嗎？」福爾摩斯一手奪回愛麗絲手上的鑑定表，遞到李大猩的面前說，「飛賊三人組

有可能把項鏈**分拆變賣**！」

「啊！」李大猩**如夢初醒**，「對了，江湖

傳聞三人組分贓很公平，每次作案後都會把所得

平/分，不會像其他

匪徒那樣，常因分

贓不勻而內訌。」

「是嗎？那

麼，他們應會先

行分贓，即按實

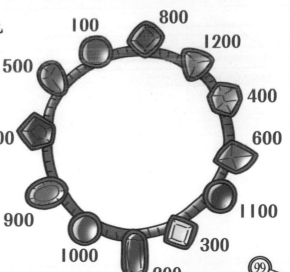

石的價值把項鏈**剪成3截**，再各自拿去變賣。

這麼一來，不但可平分所得，還可**規避**整條出

售時遇上被人
識穿是賊贓的
風險。」

難題②：賊黨把項鏈剪成3節，每節的寶石價值相同，他們會怎樣剪呢？答案在第106頁。

「對，這也

可分散風險！」愛麗絲插嘴道，「即使其中一

人被捕，另外兩人也可*逃之夭夭*。」

「小丫頭！大人辦事別**多嘴**！」李大猩罵

道，「難道我們還用你來幫忙

分析案情嗎？」

「甚麼小丫頭？全靠我，

案情才有眉目呀！」愛麗絲**反**

唇相譏。

「與**牙尖嘴利**的丫頭爭執只會**吃虧**，我

們還是走吧。」福爾摩斯拉着李大猩匆匆下樓。

「甚麼牙尖嘴利？這叫做**能言善辯**呀！」
愛麗絲得勢不饒人，追着兩人叫罵。

經過一番查探，李大猩和福爾摩斯果然在3
間不同的當鋪找回**3截項鍊**，拼起來就是被偷
去的那條失物了。最後，他們 **順藤摸瓜**，還
把那三個飛賊一一拘捕，證明了福爾摩斯並非

沽名釣譽，而是實至名歸的大偵探。

一個月後，華生一回家便向福爾摩斯大喊。

「真是難以置信！」

「大呼小叫的，發生了甚麼事呀？」福爾摩斯躺在沙發上，懶洋洋地問。

「我剛剛逛書店，看到李大猩居然在買書！」

「買甚麼書？」

「是我推薦的《俠盜羅蘋》！」剛好也在的愛麗絲自鳴得意地說，「今早在書店門口巧遇李大猩先生，便乘機推薦他買書了。」

「真有一手，居然有辦

法令那**四肢發達**的傢伙買書？」福爾摩斯笑道。

「我告訴他，看小偷的故事能認識其手法和心理，捉賊時必會**手到擒來**，助他成為蘇格蘭場的**明日之星**。他眼前一亮，就馬上買下整套《俠盜羅蘋》了。」

「哈哈！好一個**牙尖嘴利**的推銷員。」福爾摩斯打趣説。

「不如你也買本《俠盜羅蘋》看看吧？」

愛麗絲亮出剛買到手的小説，只見書上的副標題是「**對決英倫偵探**」。

「唔？」華生還看到封面上除了羅蘋外，他的身後還有一個黑影。那黑影頭戴**獵鹿帽**、口咬**煙斗**、頸纏**圍巾**，不禁讓人聯想到我們的

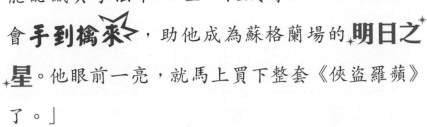

大偵探。

「我對純屬虛構的故事沒興趣。」

「書中的英倫偵探是誰？難道是福爾摩斯？」華生卻**興致勃勃**地追問。

愛麗絲翻開書本和華生一起看了幾頁後，不約而同地斜眼看着福爾摩斯**竊竊私笑**。

「可惡，難道書中説我**沽名釣譽**？」福爾摩斯一手奪過書本，**怒氣沖沖**地翻閱起來。

難題①：

　　用圖形輔助思考：以●圖案代表買 1 包卡，●●●
就代表買 3 包卡。然後，以▲圖案代表免費換到 1 包卡。
所以，▲●●就代表 1 包免費、2 包付費。接着，畫出
以下的圖：

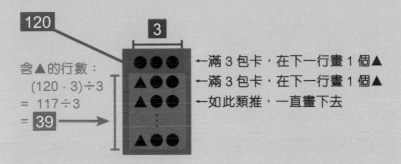

120

3

含▲的行數：
(120 - 3)÷3
= 117÷3
= 39

←滿 3 包卡，在下一行畫 1 個▲
←滿 3 包卡，在下一行畫 1 個▲
←如此類推，一直畫下去

　　愛麗絲的目標是得到 120 包卡，故此所有▲和●加
起來共 120 個圖案。

　　為計算●（付費），須先減去 120 包卡中▲（免費）
佔的數量。

　　首先，把總包數 120 減去首行的 3 個●，得出綠色
部分共有 117 包。算式就是 120 - 3 = 117。

　　然後，把綠色部分想像成長方形，面積是 117。由
於橫向的短邊長度是 3，所以垂直的邊長是 117 ÷ 3 =
39。

因每行有 1 個▲，所以長方形內的▲共有 1 x 39 = 39 個。因每行有 2 個●，所以長方形內的●共有 2 x 39 = 78 個。

最後，再加上首行●●●，全部●就有 78 + 3 = 81 個。因此，愛麗絲和同學們要合資買 81 包卡，就能得到 120 包卡。

難題②：

全部寶石總值 7800 鎊，剪成 3 截後，每截價值相同，即每截 7800 ÷ 3 = 2600 鎊。

從最高價的寶石（1200 鎊）開始向左方疊加數字，很快就能發現 2600 鎊一截的組合，如此類推，就能平均分出 3 截價值相等的項鏈了。

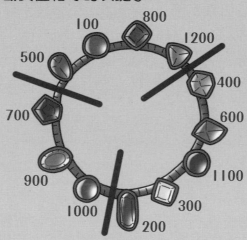

護送證人之旅

「噠噠噠……」月台上的急促腳步聲，在蒸汽火車引擎的怒吼中仍清晰可聞。

「**快點！**要是錯過這班火車，就要多等4小時才有下一班火車了！」福爾摩斯跑在前頭催促，華生及一個**胖子**緊隨其後。

「嘎……嘎……我不行了……」那胖子跑到一半，整個人跪倒地上，**拼命喘氣**。

「你想不要命嗎？快跑！」華生回過頭來，一手拉起胖子，另一手撿起他掉在地上的**手提包**。

三人跑上車廂，才剛坐下，火車已開始加速離站了。

「咦？那些人是——」

華生及福爾摩斯通過車窗，看到幾個身穿**西裝**、拿着**手槍**的人跑上了月台。幸好火車愈開愈快，很快就遠離車站。

「嘘……真險。」華生倚在木椅上，舒了一口氣，向仍然**惶恐不安**的胖子道，「萊頓先生，他們竟敢**明目張膽**地來搶，看來你手上的**賬簿**真的非常重要呢。」

原來，胖子**萊頓**是一個黑幫的**會計師**，他因為犯錯令幫會損失了一大筆錢，只好逃命到偏僻的謝佩島。但黑幫很快就追蹤而至，他為了保命，只好透過線人向蘇格蘭場提出**交易**——他會交出賬簿，換取全天候貼身**保護**。

蘇格蘭場有了賬簿，就等於掌握了**檢控**的鐵證，能一舉把黑幫殲滅。可是，李大猩懷疑蘇格蘭場內也有黑幫安插的**內鬼**，為免走漏風聲，就私下委託福爾摩斯和華生，把萊頓從謝佩島**護送**回倫敦去。

「到了倫敦後，可能會更**兇險**呢。」福爾摩斯嚴肅地說。

火車通過幾個小鎮後，漸漸開進了一片青綠的原野。

萊頓不安地**往外張望**，彷彿追殺他的人

會突然出現。

「鎮定點，他們來不及上車，你現在已很**安全**。」福爾摩斯安撫。

「是……」萊頓點點頭，但仍緊抱着藏着賬簿的手提包。

「這裏距離倫敦才**70多哩**，居然要花一小時才能抵達，有點慢啊。」華生瞥了一眼懷錶。

「這條不是主要路線，用的也不是新型火車頭。」福爾摩斯說，「而且，客車只有 **3卡**，剩下的 **6卡** 都是貨車。所以——」

福爾摩斯說到這裏，火車的速度慢了下來。

「咦？」華生往窗外看，發現一輛火車<u>迎頭而來</u>，並慢慢停下。

過了一會，他們所乘的火車緩緩駛進另一條 **<u>路軌</u>**，然後也停下來。

「怎麼了？我們的火車好像停了！」萊頓一臉**慘白**，雙手**抖個不停**。

「不用怕，看來前方有輛火車**迎頭駛至**，我們這輛要讓一讓路罷了。」福爾摩斯站起來，「我去看看，你們留在這裏。」

不一會，福爾摩斯便回到車廂來。

「發生甚麼事？」華生問，「真的是讓路嗎？」

「出了點**問題**。」福爾摩斯坐下說。

「出⋯⋯出了問題？」聞言，萊頓被嚇得**縮作一團**。

「別怕，只是我們這輛和迎頭開來的那輛

互相**卡住**了。」

「卡住了？」華生不解。

「這是可供多輛火車同時行走的 **單線路段**，每隔一段路就有一條用作讓路的 **側線**，其中一輛駛進側線後，就可讓路給對頭車，這樣雙方便能繼續行駛。」福爾摩斯解釋。

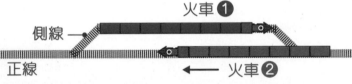

火車①停在側線，避開對頭而來的另一輛火車②。
火車②駛過後，停在側線的火車①就可在正線繼續走。

「不過，側線的 **長度** 有限，行走的火車**車卡數目** 也有限制，否則凸出來的車卡就會阻礙對頭車了。」福爾摩斯續道，「例如，這條側線只可容納 **8卡車**。可是，我卻發現對頭車

和我們的一樣，連同車頭分別都有 **10卡**。」

「啊！這麼一來，就互相**卡死**了。」華生立即明白過來。

火車 Ⓐ
車站

火車 Ⓑ

車卡太長，便會阻礙對頭車。

「對，差點就要我們這輛**退回**上一站呢。」

「不行！不能退回上一站！」萊頓**驚恐萬分**，「退回的話，會遇上追殺我的人啊！」

「稍安毋躁，我們和對頭車都不用⟨回頭⟩。」福爾摩斯說，「只要把其中一輛的車卡**拆**出來，另一輛再**倒車**數次，就可以讓兩列火車繞過對方了。」

「真的嗎？實在想像不到怎樣實行啊。」
華生**不明所以**地搔搔頭。

難題①：到底該怎樣做，才可讓兩輛火車都不用回到上一個車站，就能繞過對方？答案就在第124頁！

「哈，你花點時間再想像一下吧。」福爾摩斯說完，就自顧自地閱起報來。

「唔……除了可以把車卡拆出來外，火車的頭尾其實都可 連接 和**拉動**其他車卡……」華生努力

地思考，可是想來想去，還是搞不懂正確的順序。就這樣，一小時過去了，其間，華生看到火車有時向前，有時倒後，來回數次後，火車終於繼續旅程了。

日落西山時，火車終於駛近**倫敦橋火車站**。

「嘰——」火車開始減速，準備駛進車站月台。

福爾摩斯低聲道：「好，**下車**吧。」

「下車？這裏？可是……車還沒停下來啊。」萊頓吃了一驚。

「你正被黑幫追殺，**堂而皇之**地在月台下車非常**危險**。」說完，福爾摩斯與華生拉着萊頓走到車廂之間的連接處。

這時，火車正好停下來等候訊號，三人趁機跳下車，並穿過路軌旁的圍板，走到與鐵路並行的一條街道上。這時，華生看到兩個熟悉的身影站在一輛**馬車**旁，他們不是別人，正是我們熟悉的蘇格蘭場孖寶幹探——**李大猩**和**狐格森**。

「你們遲到了幾個小時啊！」李大猩不滿地叫道。

「噓——」福爾摩斯伸出食指放在唇邊，

「中途有些**小意外**而已。」

「甚麼意外?」李大猩緊張地問。

「沒甚麼,只是遇上對頭車要**讓路**而已。」福爾摩斯説着,就把萊頓推上了馬車。眾人見狀,也急急登上了馬車。

馬車開動後,狐格森拿出一張地圖説:「對了,道路狀況有變,行駛路線要**微調**一下。」

「微調甚麼?按照計畫走最短的路程不就行了?」李大猩不耐煩地説,「安全屋在 **大英博物館** 附近,經滑鐵盧大橋過去最近呀!」

「對……愈快愈好,被黑幫截住就不好

了。」萊頓慌張地附和。

「滑鐵盧大橋有 **臨時工程**，走那裏可能要花更多時間啊。」狐格森說，「另外，附近有些道路因意外受阻，有些又較 **擠塞**，為了儘快到達安全屋，必須 **繞路**。」

「那我們就走這條路線吧。」福爾摩斯用指頭在地圖上畫出一條 **路線**。

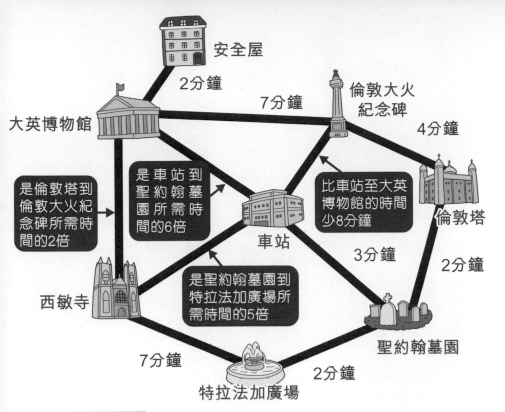

安全屋

2分鐘

倫敦大火紀念碑

7分鐘

4分鐘

大英博物館

是倫敦塔到倫敦大火紀念碑所需時間的2倍

是車站到聖約翰墓園所需時間的6倍

比車站至大英博物館的時間少8分鐘

倫敦塔

車站

3分鐘

2分鐘

西敏寺

是聖約翰墓園到特拉法加廣場所需時間的5倍

聖約翰墓園

7分鐘

2分鐘

特拉法加廣場

難題②：到底走哪條路線，由車站至安全屋所需的時間是最少的呢？答案就在第125頁！

不消一會，馬車已開到大英博物館附近的一幢**公寓**樓下停了下來。附近人來人往，顯得非常熱鬧。

「安全屋在這裏？真的**安全**嗎？」華生有點擔心。

「愈危險的地方愈安全啊。」

福爾摩斯道，「只要萊頓獸在屋裏不露面，問題應該不大。」

「**別走！給我站住！**」突然，一把兇惡的女聲響起。

「哇！」萊頓大吃一驚，慌忙逃進公寓。李大猩和狐格森也非常**機警**，立即在萊頓後面擋住門口。

華生往聲音來處看去，只見愛麗絲正**怒氣沖沖**地直衝過來。

「哇！走為上着！」福爾摩斯**拔足就跑**，

一溜煙似的混在人羣中消失了。

「別走呀！快交租呀！」愛麗絲**窮追不捨**，也很快就**湮沒**在人羣之中。

「哈哈哈！還以為黑幫搶人，原來是愛麗絲，福爾摩斯這次慘了！」李大猩和狐格森不約而同地**捧腹大笑**。

「哈哈……」華生**無言以對**，只能呆站着傻笑。

難題①：

STEP ❶ 首先將火車Ａ拆成兩段：車頭及７卡車為頭段，
最尾的２卡車為尾段。

STEP ❷ 把火車Ａ的尾段留在正線，頭段駛入側線。

STEP ❸ 火車Ｂ向前行，以車頭連接火車Ａ的尾段。

STEP ❹ 火車Ａ頭段繼續向前行，來到正線，後方預留
可停10卡車的空位。

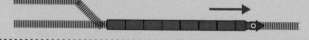

STEP ❺ 火車Ｂ倒後駛進側線，將火車Ａ的尾段拉進側
線後，將之拆開。然後火車Ｂ倒後駛入正線（Ａ
預留的空位）。

STEP ❻ 火車 B 沿正線繼續旅程。

STEP ❼ 火車 A 頭段倒後駛進側線，接回其尾段後，也
駛回正線繼續旅程。

難題②：按紅色箭咀的路線，所需的時間最少，共需 18
分鐘。

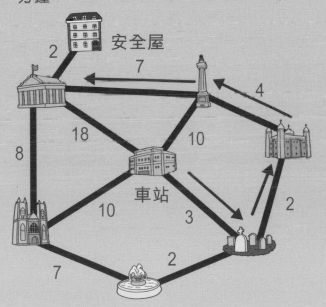

原案&監修 / 厲河　　繪畫 / 月牙

編撰 /《兒童的科學》創作組（執筆：林浩暉、謝詠恩）

着色 / 陳沃龍、徐國聲　　封面設計 / 葉承志　　內文設計 / 麥國龍

編輯 / 盧冠麟

出版

匯識教育有限公司

香港柴灣祥利街9號祥利工業大廈2樓A室

承印

天虹印刷有限公司

香港九龍新蒲崗大有街26-28號3-4樓

發行

同德書報有限公司

九龍官塘大業街34號楊耀松（第五）工業大廈地下

電話：(852)3551 3388　　傳真：(852)3551 3300

想看《大偵探福爾摩斯》的
最新消息或發表你的意見，
請登入以下facebook專頁網址。
www.facebook.com/great.holmes

購買圖書

第一次印刷發行

© Lui Hok Cheung

© 2022 Rightman Publishing Ltd. All rights reserved.

2022年7月

翻印必究

ISBN:978-988-75650-9-3

港幣定價 HK$60

台幣定價 NT$300

若發現本書缺頁或破損，
請致電25158787與本社聯絡。

網上選購方便快捷　購滿$100郵費全免　詳情請登網址 www.rightman.net